글 지유리

어릴 때부터 상상하고 친구들에게 이야기해 주는 것을 좋아했습니다.
다른 사람들은 어떤 이야기를 갖고 있나 궁금해서 책도 많이 읽었지요.
대학에서 아동문학을 공부한 뒤에는 출판사에서 오랫동안 아이들을 위한
책을 만들었고, 지금은 재미있는 글을 쓰려고 열심히 노력 중이랍니다.

그림 이경희

대학에서 애니메이션을 공부했습니다. 애니메이션 회사에서 캐릭터 디자이너로
근무하다 만화 잡지 《팝툰》 공모전에 단편 〈If I could meet again〉이 당선되어
만화가가 되었습니다. 〈흔적〉, 〈상한 우유 처리법〉, 〈새벽 네 시〉 등의 단편
애니메이션을 제작·감독했으며 지금은 그래픽 노블과 일러스트 창작 집단
'스패너 스튜디오'를 꾸려 가고 있습니다. 지은 책으로 《하울과 미오의 예술 기행》,
《방람푸에서 여섯날》, 그림을 그린 책으로 《미카엘라》 시리즈 등이 있습니다.

간니닌니 마법의 도서관

⑱ 호두까기 인형과 생쥐 대왕

글 지유리 그림 이경희
감수 스튜디오 가가 (간니닌니)

간니

주변 사람들이 지쳤을 때, 따뜻하게
위로하며 힘을 북돋워 준다. 그리고
닌니가 스스로 결단할 수 있도록 뒤에서
지지와 격려를 아끼지 않는다.

닌니

이야기 왕국을 구하고, 다른 사람을
돕기 위해서라면 무서운 생쥐들이
우글거리는 생쥐 소굴에도 용감하게
뛰어든다.

몰리와 핀

평소에는 늘 아옹다옹 다투는 현실 쿰 남매.
하지만 뜻밖의 모험에 휘말리면서 서로를
향한 애틋한 마음을 확인한다.

클래르헨
고급스러운 분위기를 풍기는 인형.
위험에 빠진 장난감들을 대표해서 간니와
닌니를 찾아 현실 세계까지 가는 용기를
발휘한다.

호두까기 인형
장난감들의 대장. 생쥐들에게 습격당해 포로로
잡혀가지만, 간니와 닌니의 도움으로 탈출한다.
뭐든 포기하지 않는 자매를 보면서 용기를 회복해
생쥐들과의 전쟁을 승리로 이끈다.

매드울
파피루스 도서관에서 근무하는
노란 눈을 가진 부엉이.
어떤 이유에서인지 쿱을 이용해
이야기 왕국을 혼란에 빠뜨린다.

생쥐 대장과 부하들
책만 읽는 생쥐 대왕을 대신해 부하들을 이끄는
실질적인 리더가 바로 생쥐 대장이다. 생쥐 부하들은
수다스럽고, 장난치는 걸 즐긴다. 이들의 공통점은 치즈
앞에서 무장 해제가 된다는 점.

드로셀마이어 대부
장난감 방에 있는 수많은 장난감을 직접 만들었다.
어느 날 밤, 장난감들을 정리하다가 토니의 마법에
걸려 꿈인지 생시인지 모를 기묘한 경험을 한다.

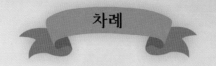

차례

파피루스 도서관에서 가장 높은 탑의 지붕 아래, 아무도 모르는 비밀 공간을 넘나드는 존재가 있었으니……

푸드덕…

그래, 이렇게 끝맺는 게 좋겠군. "천재 부엉이 매드울의 이야기 왕국 첫 모험은 이렇게 끝이 났다……."

필체 검사를 마저 한다니 자서전을 완성할 시간도 부족한데, 아예 내일부터는 도서관에 출근하지 말아야겠어.

매드울의 자서전

그동안 내가 도서관의 모든 책을 읽고 쓴 독후감이 이렇게 많은데…….

이제야 내 첫 번째 책을 쓰게 되다니!

왜 진작 이런 생각을 못 했나 몰라. 나처럼 천재적인 부엉이가!

지금부터라도 열심히 나만의 새로운 이야기를 써야지, 자서전 시리즈로! 귀여운 쿱들도 계속 등장시켜서 말이야.

도서관장 토니한텐 미안하지만, 그래도 내 책을 쓰는 게 너무 재밌는걸.

하지만 요 간니와 닌니가 문제야. 지난번에도 들킬 뻔했잖아. 하지만 이번엔 감쪽같이 속일 수 있을 거야.

어쨌거나 도서관법을 어기면서까지 이 마법서를 가져오길 잘했어.

이야기 왕국으로 들어가는 마법 물약이 충분해야 할 테니까.

마법서도 꽁꽁 묶여 있는 것보다는, 나처럼 똑똑한 부엉이가 활용해 주는 걸 더 좋아할 거라고.

룰루랄라~

자, 이제 쿱들에게 줄 선물을 준비해 볼까?

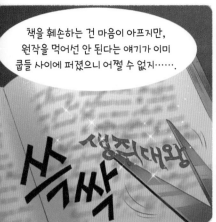

책을 훼손하는 건 마음이 아프지만, 원작을 먹어선 안 된다는 얘기가 이미 쿱들 사이에 퍼졌으니 어쩔 수 없지······.

좋아! 쿱을 이야기 왕국으로 보낼 글자는 준비됐고······.

이번 모험에 필요한 탈이랑, 특별한 호두 선물까지 준비 끝! 후후, 이제 시작해 볼까?

서둘러 쿱아일랜드로 가야지~!

1장 **쿱 남매 몰리와 핀**

매드울은 쉬지 않고 밤새 날아서 쿱아일랜드에 도착했다.
몇 달 전까지만 해도 늙어서 이제는 도서관 사서 일을
그만두어야지 생각했는데, 하고 싶은 일이 생긴 지금은
달랐다. 자신도 모를 힘이 솟아나 10년은 젊어진
기분이었다.

매드울은 마을에서 가까운 전나무 숲으로 소리 없이
날아갔다. 지난번 쿱아일랜드에 왔을 때 점찍어 둔 나무가
있었기 때문이다. 나뭇가지에 보따리를 걸어 놓고 축 처진
윗가지 그늘에 몸을 웅크리자, 들킬 염려가 없어 보였다.

'몰래 숨어서 쿱들을 관찰하기 딱 좋군.'

매드울은 이야기 왕국으로 보내기에 알맞은 쿱을 찾아
노란 눈을 부릅떴다.

곧 매드울의 눈에 쿱 셋이 보였다.

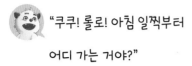 "쿠쿠! 롤로! 아침 일찍부터

어디 가는 거야?"

 "도도. 널 찾으러 가는 길이었어!"

 "이 나무판에 규칙을 적어서

마을 한복판에 세워 두려고."

 "무슨 규칙?"

 "우리가 다른 쿱들한테

이야기한 규칙 말이야."

 "첫째, 원작을 함부로 먹으면

절대 안 된다.

둘째, 여행자 간니와 닌니를 만나면

숨지 말고 잘 도와주자."

 "그 규칙들을 왜 나무판에 적어?

다 알고 있는 거 아니었어?"

 "규칙을 정했는데도

자꾸 이야기 왕국에 문제가 생기잖아.

그래서 모두가 잘 기억할 수 있게

여기에 딱 적어서 세워 두려고."

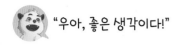 "우아, 좋은 생각이다!"

 "그렇지?

너도 우리랑 같은 맘일 줄 알았어."

 '자기들은 이야기 왕국에 가서

실컷 모험을 즐겨 놓고선

다른 쿱들한텐 하지 말라고? 흥!'

매드울은 이 규칙에 대해 이미 알고 있었다. 하지만 이걸
나무판에 새겨서 마을 한복판에 세워 둔다는 말을 들으니
마음에 걸렸다.

'성가시게 됐군. 흠, 바깥소식을 잘 모르는 쿱을 찾아
봐야겠어. 그래야 이야기 왕국에 보내기 쉬울 테니까.'

매드울은 집에서 잘 나오지 않고, 친구들도 잘 만나지
않는 쿱을 찾아다녔다. 그러다가 마을 끝에 있는 외딴집 문이
하루 종일 열리지 않는 것을 발견했다. 그 집에는 찾아오는
이가 아무도 없었다.

매드울은 저녁이 될 때까지 기다렸다가, 어둠을 틈타
창가에서 집 안을 들여다보았다.

환하게 밝혀 놓은 집 안은 아무도 없는 것처럼 조용했다.
거실 벽난로 앞에 앉은 몰리는 책을 읽는 데 몰두해 있었고,
몰리를 등지고 탁자 앞에 앉은 핀은 퍼즐 맞추기에 빠져
있었다.

꽤 긴 시간 이어지던 침묵을 깬 것은 핀이었다.

"누나, 할머니가 언제 오신다고 했지? 내일?"

몰리가 책에서 눈을 떼지 않고 대답했다.

"모레. 우리 내일은 나가서 운동 좀 해야 돼. 할머니가
매일 하라고 하셨는데, 그동안 한 번도 안 했잖아."

"운동은 안 했지만, 오늘 하루 종일 청소했잖아. 앞으로
사흘 동안 내리 자도 부족할 만큼 피곤하다고."

핀의 볼멘소리에 몰리가 살짝 짜증 내며 말했다.

"핀, 넌 네 방만 청소했잖아! 난 거실이랑 부엌까지 혼자
다 청소했다고."

누나 말에 억울하다는 듯 핀이 투덜거렸다.

"그야 거실이 온통 누나 책으로 가득 차 있으니까."

"아니거든!

거실에 네 장난감도 엄청 많잖아.

됐고! 내일 운동하러 갈 때

군말 말고 따라와."

"알았어, 알았다고!"

 "난 밖에 안 나가도

집안일도 하고 계속 움직이는데,

넌 며칠째 꼼짝도

안 하고 있잖아."

"난 그게 좋으니까!

내 일은 내가 알아서 해.

누나가 엄마야?

왜 이렇게 잔소리야?"

 "뭐라고? 진짜 말이 안 통하네.

으……, 누나니까 내가 참는다."

"누나만 참는 거 아니야!

동생도 참는 게 많다고!"

  몰리와 핀의 다툼을 엿들은 매드울은 어깨를 들썩이며
만족스럽게 웃었다.

  '며칠째 밖에 안 나갔다니……. 이 남매는 바깥소식을 잘
모르겠군. 이야기 왕국으로 데려가기 아주 딱이야! 게다가
사이가 안 좋으니, 둘을 이야기 왕국으로 보내도 힘을 합칠
생각 따윈 하지도 않을 거야.'

매드울은 상자에 몰리와 핀의 이름을 써서 현관 앞에
놓아두었다. 그리고 문을 똑똑똑 두드린 다음 잽싸게 맞은편
나무 위로 날아갔다.
"누구세요?"
문이 열리고 몰리가 얼굴을 내밀었다. 몰리는 나무 위에서
내려다보는 부엉이의 존재는 까맣게 모른 채 주위를
두리번거렸다.
"이상하다.
아무도 없잖아?"
몰리가 문을
닫으려다 바닥에
놓인 상자들을
발견했다.
"어, 이게 뭐지?"

그 순간 상자에 적힌 이름이 몰리의 눈에 띄었다.

"이건 내 이름이고……, 이건 핀? 누가 보낸 거지?"

이상하단 생각도 잠시, 몰리는 깜짝 선물을 받았단 생각에 기분이 좋아졌다. 몰리가 들뜬 목소리로 동생을 불렀다.

"핀! 빨리 이리 와서 이것 좀 봐!"

"왜 그래?"

몰리와 달리 핀은 고개조차 돌리지 않고 시큰둥하게 대꾸했다. 신이 난 몰리는 신경 쓰지 않고 혼자서 상자를 집 안으로 옮겼다.

"선물이야, 선물! 우리 이름도 쓰여 있어!"

그제야 핀이 고개를 들고 선물을 바라보았다. 반쯤 감겨 있던 눈이 동그래졌다.

"선물? 진짜 내 이름이잖아!"

핀은 자기 이름이 적힌 상자를 서둘러 열었다. 상자에는 보석처럼 예쁜 고급 호두들이 들어 있었다.

"우아! 이렇게 예쁜 호두는 처음 봐."

심드렁하던 핀의 얼굴에 웃음꽃이 활짝 피었다.

하지만 상자를 열어 본 몰리는 이마를 찌푸렸다. 몰리가 생쥐 머리가 일곱 개 엮여 있는 탈을 꺼내 들었다.

핀은 찡그린 누나의 얼굴과 기묘하게 생긴 탈을 보고 웃음을 터뜨렸다.

"푸하하하! 누나, 도대체 그게 뭐야?"

몰리가 입을 삐죽거리며 대답했다.

"나도 몰라."

오랜만에 보는 핀의 생기 있는 모습에 몰리도 기분이 아주 나쁘지만은 않았다. 몰리는 상자 안에 들어 있는 쪽지를 발견하고 펼쳐 보았다.

생쥐 탈을 쓰고 생쥐 대왕이 되어 보세요.

좋은 일이 생길 거예요.

핀이 누나를 향해 들뜬 목소리로 말했다.

"상자가 아직 두 개나 더 있어."

핀이 남은 상자들을 마저 열어 보았다.

상자 안에는 앙증맞은 빙수가 하나씩 들어 있었다. 핀의
어깨 너머로 몰리가 빙수에 장식된 글자를 읽었다.

"생쥐 대왕, 크라카툭 호두……."

"아, 알겠다. 생쥐 대왕 글자 빙수는 누나 거고, 크라카툭
호두 글자 빙수는 내 건가 봐."

몰리는 생쥐 탈을 한쪽 팔에 끼우고, 핀이 건넨 빙수를
받아 들었다.

"선물에 간식까지 보내다니! 도대체 누구지?"

"아마 할머니겠지. 빨리 먹어 보자."

핀은 망설임 없이 빙수를 한입 가득 넣었다. 몰리도 빙수
위의 글자를 집어서 와작 깨물었다.

"와, 글자에서 고소한 맛이 나!"

핀의 밝은 표정과 달리 몰리는 표정이 확 구겨졌다.

"웩, 이게 무슨 맛이야?"

그 순간, 남매는 이상한 기운에 사로잡혔다.

핀이 깜짝 놀라 몰리를 향해 외쳤다.

"우리 몸에서 빛이 나!"

반짝이던 둘의 몸이 투명해지더니 곧 사라졌다.

어어? 핀, 우리 다리가 투명해지는 것 같은데……?

"후후, 몰리와 핀이 이야기 왕국으로 잘 떠났군. 그럼 나도
따라가 볼까?"

나무 위에서 남매를 지켜보던 매드울이 품에서 마법
물약을 꺼내 꿀꺽 마셨다. 그런 다음 날개 끝을 모으고
주문을 외웠다.

"에리스에드 에카르프 에흐트 엠 에크아트!"

곧 펑 소리와 함께 매드울도 연기 속으로 사라졌다.

얼마 뒤, 정신을 차린 몰리가 놀라서 주변을 둘러보았다.
수많은 생쥐가 바쁘게 움직이는 것을 본 몰리는 서둘러 생쥐
탈을 썼다. 어느새 잿빛으로 변한 몸 색깔 덕분에, 몰리는
진짜 커다란 생쥐처럼 보였다.

몰리가 지나갈 때마다, 생쥐들이 고개를 숙이거나 무릎을
꿇으며 경의를 표했다. 몰리는 자신이 생쥐 대왕으로
변했다는 것을 깨달았다. 생전 처음 받는 극진한 대접에
어색하면서도 어깨가 으쓱해졌다.

그때 다른 생쥐보다 몸집이 더 크고 우락부락한 생쥐
대장이 다가왔다.

"대왕님, 여기 계셨습니까? 갑자기 사라지셔서 무척
놀랐습니다. 무슨 일이라도 있으셨던 겁니까?"

대장의 깍듯한 태도를 보니 몰리는 자신의 정체가
들키지 않은 것 같아 안도했다. 몰리가 주변을 둘러보는 척
핑곗거리를 떠올린 다음, 목소리를 낮게 깔고 말했다.

"책을 찾느라 그랬다. 책을 가져와라, 최대한 많이."

몰리의 머릿속에 가장 먼저 떠오른 것은 평소 좋아하는
책이었다.

생쥐 대장은 대왕이 거들떠도 보지 않던 책을 갑자기 찾자
조금 이상했다. 하지만 태연하게 말했다.

"부하들을 시켜 얼른 가져오겠습니다."

대장이 부하들에게 명령한 뒤, 생쥐 대왕이 된 몰리를
왕좌로 모시고 갔다. 생쥐 대장의 뒤를 따르며, 몰리는
속으로 생각했다.

'무섭게 생긴 이 생쥐 탈이 의외로 좋은 선물이었구나.
왕이 되니까 정말 좋네. 하고 싶은 대로 할 수 있고.'

몰리는 이곳이 꽤 마음에 들었다.

'그 쪽지에 쓰인 그대로야. 이렇게 좋은 일이 생기잖아!
골칫덩이 핀이 없으니 여기서 편하게 책이나 읽어야겠어.'

한편, 핀은 커다란 호두나무의 나뭇가지에 몸을 기댔다.
핀이 편하게 엎드려 있기 충분할 만큼 나뭇가지는 굵고
튼튼했다.

나무 그늘 아래로 살랑살랑 바람이 불어오자, 핀은 잠이
솔솔 오기 시작했다.

"잔소리꾼 누나도 없겠다, 편하게 낮잠이나 자야지."

몰리와 핀은 따로 떨어진 지금이 더없이 좋았다.

2장 **특별한 크리스마스 선물**

크리스마스 아침을 맞이한 간니와 닌니는 눈을 뜨자마자
선물이 한가득 쌓여 있는 크리스마스트리로 달려갔다. 며칠
전부터 크리스마스 아침에 선물을 열어 보는 순간을 손꼽아
기다렸기 때문이다.

"언니! 빨리 뜯어 보자!"

"좋아! 난 이것부터!"

간니와 닌니는 손에 잡히는 대로 선물을 하나씩 뜯기
시작했다. 선물에 이름이 쓰여 있는 건 아니었지만,
내용물을 보면 간니와 닌니 중 누구를 위한 것인지 한눈에 알
수 있었다.

"내가 갖고 싶었던 목걸이야!"

"대박! 최신 스마트폰이야!"

"닌니, 네가 지금 쓰는 건 자꾸 고장 나서 불편했잖아.
잘됐다!"

간니와 닌니는 서로 원하는 것도, 필요한 것도 달랐기
때문에 실랑이할 필요도 없었다.

"어, 이건 누가 준 선물이지? 상자가 꽤 크네."

닌니가 커다란 상자를 집어 들었다.

"닌니, 얼른 열어 봐. 상자가 크니까 더 기대된다."

간니 말에 포장지를 뜯는 닌니 손이 바빠졌다.

고급스러운 포장 속 견고하게 만들어진 종이 상자를 열자, 매끄러운 천 위에 놓인 인형이 보였다. 마트에서 파는 인형과 달리, 예스러운 분위기를 풍기는 인형이었다.

인형은 화려한 모자를 쓰고 레이스가 풍성하게 달린 드레스를 입고 있었는데, 손으로 한 땀 한 땀 만든 것처럼 바느질 솜씨가 매우 꼼꼼하고 정성이 느껴졌다.

"언니, 이 인형 좀 봐! 장난감이 아니라 예술 작품 같아!"

"오, 정교하게 참 잘 만들었다."

간니와 닌니는 인형을 상자에서 꺼내 흥미로운 표정으로 요리조리 뜯어보았다. 보면 볼수록 감탄이 나올 만큼 근사한 인형이었다.

"도대체 누가 보낸 선물이지?"

간니와 닌니는 포장지와 상자를 다시 찬찬히 살펴보았지만, 누가 보냈는지 단서조차 얻을 수 없었다.

"이건 우리 중 누구에게 온 선물인지도 모르겠어."

닌니가 미간을 찌푸리며 말했다.

"혹시 토니가 보낸 거 아니야? 마치 살아 있는 것처럼 너무 실감 나잖아."

간니가 토니에게 물어보기 위해 서둘러 팔찌를 찾으러 방으로 갔다. 그사이 닌니는 인형 머리를 조심스럽게 쓰다듬으며 말을 걸었다. 곱슬거리는 황금빛 머리카락이 양털처럼 부드러웠다.

"안녕, 난 닌니야. 너 참 예쁘구나. 너에게 어울리는 예쁜 이름을 지어 주고 싶어. 어떤 이름이 좋을까?"

그때 갑자기 인형이 입을 열었다.

"제 이름은 클래르헨이랍니다."

클래르헨이 고운 목소리로 말하며 씽긋 웃어 보였다.

인형이 말을 하자, 닌니는 잠시 멍한 눈으로 인형을 바라보았다.

'여기는 이야기 왕국이 아니라 현실 세계인데……. 이게 어떻게 된 일이지? 내가 잘못 들었나?'

닌니는 고개를 좌우로 세차게 한 번 흔들고는 눈을 질끈 감았다가 천천히 다시 떴다. 그런 닌니를 향해 말하는 인형이 걱정스러운 표정으로 사과했다.

"놀라게 할 생각은 없었는데, 정말 미안해요."

인형이 몸을 움직여 고개를 숙이려 하자, 깜짝 놀란 닌니가 인형을 손에서 놓치고 말았다.

인형은 바닥에 사뿐히 발을 디뎠지만, 닌니는 당황하여 어쩔 줄 몰라 했다.

"아뇨, 내가 미안해요. 너무 놀라서 바닥에 떨어뜨리고 말았네요. 그, 근데 어떻게 말도 하고, 움직이기까지……."

횡설수설하면서도 인형을 보살펴 주려 애쓰는 닌니를 보며 클래르헨이 미소 지었다. 그리고 작고 하얀 손을 닌니의 손에 얹으며 말했다.

"당신이 제게 말을 걸어 주었잖아요. 그럼 우리 장난감들은 말할 수 있게 된답니다. 당신이 이렇게 친절할 줄 알았어요. 역시 여기에 오길 잘했군요."

"네, 네? 여, 여기에 오길 잘했다고요? 혹시 우리를 찾아왔다는 말이에요?"

클래르헨은 고개를 천천히 끄덕였다.

"그럼요. 여행자 간니 님과 닌니 님을 만나려고 이야기 왕국에서부터 왔답니다."

그때 간니가 방문을 열며 들어섰다.

"닌니, 그 인형, 토니가 보낸 게 아니래."

말을 마친 간니는 우아하게 서 있는 인형과 그 앞에 엉거주춤한 자세로 무릎 꿇고 있는 닌니를 보고 웃음을 터뜨렸다.

"하하하, 닌니, 지금 뭐 하고 있는 거야? 그 인형을 공주님으로 모시기라도 하려고?"

간니 말에 클래르헨이 한 손으로 드레스 끝을 살짝 잡아 올리며 공주처럼 인사했다.

"안녕하세요? 간니 여행자님, 저는 두 분을 모시러 온 클래르헨이라고 해요."

간니가 흠칫 놀라며 뒷걸음질을 쳤다.

"이, 인형이 왜 마, 말을 하는 거야? 게다가 우리를 찾아왔다고?"

간니의 눈이 휘둥그레졌다.

전에 두두가 현실 세계에 온 적이 있었지만, 그건 두두의 의도가 아니라 자신도 모르게 벌어진 일이었다. 그러나 이번엔 달랐다. 살아 있는 인형이 스스로 자매를 찾아오다니!

간니와 닌니는 그저 어안이 벙벙했다.

"말하는 인형은…… 공포 영화에나 나오는 줄
알았는데……. 우리를 해치려는 건 아니지……?"

간니 말에 클래르헨이 손으로 입을 가리고 쿡 웃었다.

"그런 건 절대 아니에요."

이어서 클래르헨은 긴 한숨을 내쉬더니 웃음기를 싹 뺀
굳은 표정으로 말했다.

"하지만 제 부탁은 여러분을 위험에 빠뜨릴 수도 있어요."

"전 '호두까기 인형과 생쥐 대왕' 왕국에서

왔어요. 혹시 그 책, 읽어 보셨나요?"

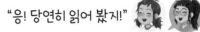 "응! 당연히 읽어 봤지!"

 "발레 공연을 본 적도 있는걸."

 "맞아, 나도 기억나."

 "다행이에요. 저희 왕국에

여러분의 도움이 필요해요.

당장이요!"

 "우리 도움이 필요하다면,

당연히 가야지. 얼른 가자!"

 "좋아. 하지만 먼저 토니한테

연락하는 게 좋겠어.

사정을 좀 더 자세히

설명해 줄래, 클래르헨?"

 "네. 저는 마리 주인님의

장난감 방에서 살고 있어요.

우리 장난감들은 집 안 사람들이 모두

잠드는 밤 열두 시가 되면 깨어나지요."

클래르헨은 간니와 닌니에게 자신의 왕국 이야기를
들려주었다.

마리와 프리츠 남매의 장난감 방에는 드로셀마이어 대부가
선물해 준 장난감들이 가득했다.

대부가 만든 장난감들은 아주 정교할 뿐만 아니라 마법에
걸려 있어서, 사람들이 잠든 밤에 움직이며 자신들만의
세상을 만들어 갔다.

평화로운 장난감 방도 소란스러울 때가 가끔 있는데,
바로 불청객 생쥐들이 찾아오는 날이었다. 생쥐들은 마리와
프리츠 남매가 남기고 간 간식을 훔쳐 먹거나 장난감들에게
짓궂은 장난을 쳤다.

생쥐들은 특히 좋아하는 호두 냄새가 밴 호두까기 인형을
갖고 놀기를 좋아했다. 그래도 몸을 상하게 하진 않아서,
호두까기 인형이 주의를 주는 것으로 넘어가곤 했다.

그런데 이틀 전, 부엉이 시계가 열두 시를 알리는 종을 친
뒤 알 수 없는 주문을 외우는 음산한 목소리가 들렸다.

다음 날 아침, 온 집 안에 비명 소리가 울려 퍼졌다.
사람들이 모두 인형처럼 작아진 것이었다.

게다가 마리는 얼굴이 생쥐처럼 변해서 충격이 더 컸다.
마리가 침대에서 이불로 몸을 꽁꽁 싸매고는 밥도 먹지 않고
밖으로 나오지 않아, 장난감들은 걱정이 컸다.

그리고 어젯밤, 생쥐들이 찾아와 장난감 방을 엉망으로
만들며 내일은 장난감들을 모두 부숴 버릴 거라는 경고도
남겼다고 했다. 긴 이야기를 마친 클래르헨이 몸을 파르르
떨었다.

"생쥐들이 그랬어요. 이야기 왕국이 저주를 받아서 모든
게 달라졌다고요. 그래서 장난감들이 모여서 회의한 끝에,
이야기 왕국의 해결사로 유명한 여러분께 도움을 청하러
온 거예요. 이틀째 밥도 먹지 않는 마리 주인님이 너무
걱정돼요. 그리고 생쥐들의 공격도 불안하고요. 제발 저희를
도와주세요."

클래르헨이 진심 어린 눈빛으로 자매에게 부탁했다.
이야기를 들은 간니와 닌니의 표정이 사뭇 진지해졌다.

"언니, 원작에선 마리 얼굴이 바뀌거나 그러진 않았지?"

"맞아, 이야기가 이상해졌어. 누군가 침입했기 때문에
이야기가 변형된 것 같아."

간니와 닌니는 이야기 왕국에 심상치 않은 일이 벌어지고 있음을 직감했다.

"언니, 얼른 토니한테 얘기하자."

간니와 닌니에게 이야기를 전해 들은 토니도 곧 얼굴이 굳었다.

"쿱들이 요즘 원작을 먹지 않도록 주심한다고 했는데, 도대체 무슨 일이 벌어진 거지?"

토니의 걱정에 닌니도 말을 보탰다.

"백설 공주 왕국 때처럼, 범인이 쿱과 함께 이야기 왕국에 숨어들었을지도 몰라."

닌니의 말에 토니가 고개를 끄덕였다.

"내가 쿱아일랜드에 다시 확인해 볼게."

"토니, 우리는 이야기 왕국으로 보내 줘!"

간니의 요청에 토니가 깊게 숨을 고른 다음, 자매와 클래르헨을 진지한 표정으로 바라보며 말했다.

"준비됐지? 이번엔 진짜 마음 단단히 먹어야 해. 자, 가자 《호두까기 인형과 생쥐 대왕》 속으로!"

3장 전쟁터가 된 장난감 방

간니와 닌니, 클래르헨은 전쟁터 한복판에 떨어졌다.
갑작스러운 등장이었지만, 그보다 주변 상황이 훨씬 더
어수선하고 소란스러워서 아무도 눈치채지 못할 정도였다.

아기자기한 물건들로 가득한 장난감 방은 난장판 그
자체였다. 사방에 포탄이 날아다니고, 새하얀 밀가루
연기가 방바닥을 뒤덮었다. 그 속에서 생쥐들과 장난감들이
엎치락뒤치락 엉켜 싸우고 있었다.

　간니와 닌니, 클래르헨은 바로 싸움판으로 뛰어들기보다
일단 상황을 파악하기로 했다.

　"저쪽, 책장에서 떨어진 책 더미로 피하자."

　책 더미로 뛰어간 셋은 반쯤 펼쳐진 그림책이 텐트처럼
세워진 그늘 아래에 몸을 숨겼다. 그리고 고개만 내밀어 바깥
상황을 살폈다.

　"언니, 생쥐들이 벌써 이긴 건 아니겠지?"

한창 전쟁 중이라고 하기에는 이미 승패가 결정 난 것처럼
보였다. 다친 생쥐들은 몇 되지 않았는데, 부서지고 망가진
장난감들은 수두룩했다. 생쥐들은 장난감들을 사납게
물어뜯고 짓밟았다.

장난감 동료들이 끔찍하게 공격당하는 모습에 클래르헨은
주먹을 꼭 쥐었다.

"이럴 수가! 부드럽고 다정한 손길만 경험하던 친구들이
저런 꼴을 당하다니!"

간니가 클래르헨을 위로하려 클래르헨의 어깨에 손을
얹었지만, 뭐라고 말해야 할지 막막하기만 했다. 어찌할
바를 몰라 클래르헨의 어깨에 올린 자기 손을 가만히
들여다보던 간니가 말했다.

 "닌니, 있잖아…….
우리 손이 이렇게 작았나?"

"어, 그러게? 여기 사람들이
모두 인형처럼 작아졌다더니!
우리도 그렇게 됐나 봐!"

44

"이야기 왕국에 생긴 문제가

우리한테까지 영향을 끼치다니⋯⋯."

"으악! 우리가

본래 모습대로 몸집이 컸으면

생쥐들을 금방 물리쳤을 텐데!

이렇게 작아서 어쩌지?"

전투가 길어질수록 전쟁놀이로 훈련된 장난감 병정들조차
어쩔 줄 몰랐다. 생쥐들은 장난감들을 무자비하게
패대기치고 망가뜨렸다.

생쥐 대장이 부서진 장난감 무더기 위에 올라가 날카롭게
외쳤다.

**"패배를 인정하고 생쥐 대왕님의 통치를 받아들여라.
호두까기 녀석은 우리가 전리품으로 가져가마, 킬킬킬."**

생쥐들은 호두까기 인형을 데리고 생쥐 굴로 사라졌다.

그 모습을 지켜본 클래르헨은 깊은 절망에 빠졌다.

"호두까기 대장님까지 잡혀가시다니. 이제 다……
끝이에요, 끝…….

"우리가 손써 보기 전에 호두까기 인형이 잡혀가 버렸어.
닌니, 이제 어떻게 하지?"

간니의 풀 죽은 목소리에 닌니도 긴 한숨을 내쉬었다.

아이들의 웃음소리와 즐거운 음악 소리로 가득해야 할
장난감 방은 장난감들의 신음 소리로 가득했다.

닌니가 곧 마음을 다잡고 주먹을 불끈 쥐었다.

"일단 다친 장난감들을 돕자. 나머지는 그다음에 생각하는
게 어때, 언니?"

닌니 말에 클래르헨이 눈물을 닦으며 일어섰다.

"맞아요. 일단 할 수 있는 걸 해 봐요."

셋은 장난감 병원을 꾸리기로 했다. 클래르헨이 다친
장난감들을 확인하는 동안, 간니와 닌니는 요술 목걸이에서
천막과 간이침대를 꺼내 임시 병원을 차렸다. 그리고 다친
장난감들을 치료하기 시작했다.

　장난감들 치료가 끝나자, 클래르헨이 말했다.

　"도와줘서 고마워요. 하지만 더 이상은 어쩔 수 없는 것
같아요. 우리 주인님은 작아져 버렸고, 호두까기 대장님은
붙잡혀 갔어요. 장난감들은 다쳤고, 곧 이야기 왕국도
무너지겠죠. 이제는 받아들여야 할 것 같아요."

　현실 세계까지 찾아왔던 클래르헨의 용감한 모습은 더
이상 보이지 않았다.

클래르헨은 생쥐들의 무서움에 완전히 질려 전부 포기한 듯했다. 간니와 닌니에게도 이제 그만 집으로 돌아가라며 힘없이 돌아섰다. 그런 클래르헨의 뒷모습을 자매가 안타까운 마음으로 바라보았다.

 "언니, 클래르헨의 말대로 여기서 그만둘 거야?"

 "무슨 그런 서운한 소리를!

당연히 그럴 수 없지!"

 "그럼 우리끼리 호두까기 인형을

구하러 가는 거지?"

"물론! 우리는 그러려고 온 거잖아."

"그래, 우리 둘이면 충분하지!"

"좋아! 그럼 생쥐 굴로 가 보자.

장난감 방에는 쿱이 없었으니까,

생쥐 굴에 있을지도 모르잖아."

 "그래, 쿱도 찾고

호두까기 인형도 구하자!

자, 생쥐 굴로 출발!"

4장 생쥐 굴에 간 간니와 닌니

생쥐 굴로 들어가는 구멍은 작았는데, 막상 안으로
들어서자 전혀 다른 세상이 펼쳐졌다.

널찍한 광장 끝에 커다란 생쥐 동상이 세워져 있고,
천장에 알알이 박힌 조명 때문에 굴 전체가 대낮처럼 밝았다.

"쥐구멍에도 볕 들 날이 있다는 속담이랑 너무 다른데?
볕이 필요 없을 정도로 환하잖아."

간니의 혼잣말을 들은 닌니가 쿡 웃었다. 그리고 간니에게
방금 떠올린 계획을 설명했다. 계획을 들은 간니가 엄지를
추켜세웠다.

닌니가 요술 목걸이에서 생쥐 귀 머리띠를 꺼냈다.
놀이공원에서 보았던 것처럼 귀여운 머리띠였다. 간니와
닌니는 일부러 카메라 소리도 키워서 찰칵찰칵 소리를 내며
생쥐 굴을 배경으로 사진을 찍었다. 지나가던 생쥐에게
사진을 찍어 달라고 부탁하기도 했다.

곧 간니와 닌니 곁으로 생쥐들이 웅성웅성 모여들었다.

"너희는 누구니? 어디서 왔어?"

"여긴 어떻게 알고 온 거야?"

찰칵 찰칵

생쥐 하나가 간니와 닌니 머리카락을 잡아당기며 말했다.

"진짜 인간처럼 잘 만든 인형이네."

그 말에 닌니가 입을 삐죽 내밀며 말했다.

"장난감 따위에 우리를 비교하다니, 너무한 거 아니야? 우린 진짜 아이들이라고. 너희처럼 살아 있는!"

간니가 짐짓 실망한 듯 말했다.

"생쥐들은 똑똑한 줄 알았는데 아니네. 우리가 진짜 애들이란 것도 못 알아보다니."

간니와 닌니의 대답에 생쥐들이 크게 당황했다. 머리카락을 잡아당긴 생쥐가 맞서며 말했다.

"너희처럼 작은 애들이 어딨니?"

닌니는 그 말에 말문이 막혔지만, 간니가 얼른 재치 있게 대답했다.

"너희 《걸리버 여행기》 안 읽어 봤구나? 우리처럼 작은 사람들이 사는 소인국도 있거든."

생쥐들은 그 책을 전혀 몰랐지만 아는 체하고 싶어서 얼른 간니 말에 맞장구쳤다.

"알지, 알지! 잠깐 생각이 안 났을 뿐이야."

생쥐들이 뭐라 덧붙이기 전에 어디선가 생쥐 대장이 다가왔다.

"왜 이렇게 소란스러운 거야?"

생쥐 대장이 나타나자, 병사 생쥐들은 허리를 바짝 세우며 경례했다. 그러고는 대장에게 간니와 닌니에 대해 보고했다.

"여기 여행자 아이들이 들어왔습니다."

간니와 닌니가 대장에게 깍듯이 인사하며 말했다.

"저희가 생쥐를 엄청 좋아해서 구경하러 왔어요."

생쥐 대장이 의심스러운 눈초리로 자매를 훑어보았다.

생쥐를 좋아하는 여자아이들이라고?

닌니가 얼른 요술 목걸이에서 간식을 꺼내 생쥐 대장 코
밑에다 들이밀었다.

"생쥐가 얼마나 귀여운데요! 저희는 생쥐들이 뭘
좋아하는지도 알아요. 자, 치즈랑 쿠키 어떠세요?"

진한 치즈 냄새가 솔솔 풍기자, 생쥐들은 넋을 놓고
군침을 흘렸다. 그 냄새는 의심 많은 생쥐 대장의 마음도
느슨하게 만들었다.

"우리가 좀 귀엽긴 하지. 어린이들이 생쥐의 귀여움을
모른다는 게 이해가 안 돼."

치즈를 한 조각 받아 든 생쥐 대장은 간니와 닌니에게 직접
생쥐 굴을 구경시켜 주겠다고 나섰다. 덕분에 간니와 닌니는
굴을 구석구석 둘러볼 수 있었다. 하지만 아무리 눈을 씻고
보아도 쿱 비슷한 것조차 찾지 못했다.

호두까기 인형이라도 빨리 구해야겠다고 생각한 닌니가
꾀를 냈다.

"좀 더 재미있는 곳은 없어요? 감옥 같은 데요! 저희가
무서운 걸 좋아하거든요."

"오, 생쥐처럼 용감한 아이들이구나."

닌니의 꾀에 쉽게 넘어간 생쥐 대장은 자매를 데리고 곧장 감옥으로 갔다.

작은 감옥에는 호두까기 인형과 어디서 왔는지 모를 새끼 고양이가 갇혀 있었다.

그걸 본 닌니가 간니에게 속닥였다.

"고양이를 가두다니 너무해. 이따가 쟤도 꼭 구해 주자."

"닌니, 좋은 생각이라도 있어?"

"그럼, 당연하지. 나만 믿어, 언니."

생쥐 대장은 간니와 닌니의 속내는 꿈에도 모른 채 마지막으로 생쥐 대왕을 알현시켜 주겠다고 했다.

"오! 생쥐 대왕이요? 정말 영광이에요."

간니와 닌니는 반가운 척 말했지만, 호기심이 생기는 동시에 살짝 무섭기도 했다.

"언니, 생쥐 대왕은 머리가 일곱 개였지?"

"응……. 발레 공연에서는 생쥐 대왕 분장이 그렇게 무서워 보이진 않았는데, 실제로는 어떨까……?"

"머리가 일곱 개라도…… 어쨌든 생쥐일 뿐이잖아?"

닌니가 침을 꼴깍 삼키며 말했다.

어느 문 앞에서 생쥐 대장이 멈추더니 자매에게 말했다.

"자, 여기가 생쥐 대왕님이 계신 곳이야. 문을 열자마자,
정중하게 절하는 거 잊지 마."

자매는 요술 목걸이에서 생쥐 대왕에게 바칠 커다란
치즈와 산더미처럼 쌓은 비스킷을 꺼냈다.

"호랑이에게 물려 가도 정신만 차리면 된다고 했으니까,
생쥐쯤이야."

간니는 닌니에게 속삭이며 결의를 다졌다. 문지기
생쥐들이 문을 열자, 빛이 뿜어져 나오는 듯 화려한 방이
보였다. 플라스틱으로 만든 장난감 보석들부터 은식기까지,
반짝이는 것들은 여기에 다 모아 놓은 것 같았다.

방 한가운데에는 어울리지 않게 커다란 책이 마치
텐트처럼 세워져 있었다. 그 주변으로 크고 작은 책이
어찌나 많이 쌓여 있는지, 책에 가려져 생쥐 대왕은 보이지도
않았다. 책장 넘기는 소리로 그 속에 누군가 있다는 것을 알
수 있을 뿐이었다.

그 순간, 책 속에서 작은 손 하나가 불쑥 나오더니
손가락을 까닥까닥 움직였다.

"네, 당장 대령하겠습니다!"

후다닥 움직이는 생쥐들을 보며 자매는 눈앞에 있는 게

생쥐 대왕이라고 짐작했다.

생쥐 대장은 헛기침을 한 뒤 생쥐 대왕에게 보고했다.

"생쥐 대왕님, 아뢰옵니다. 여행자 간니와 닌니가 우리

굴을 구경하러 왔습니다. 대왕님께 바칠 치즈와 쿠키도 잔뜩

가져왔습니다."

그 말에 생쥐 대왕이 몸을 일으키더니 고개를 빼꼼
내밀었다. 여행자로 유명한 간니와 닌니 얼굴이 궁금했기
때문이다.

자매는 생쥐 대왕을 보자마자 눈을 피했다. 생쥐 대왕의
괴상한 얼굴에 주눅이 들어 계속 쳐다볼 엄두가 나지 않았다.

"생각보다 작네."

몰리의 관심은 거기서 끝이었다. 여행자를 도와야 한다는
쿱들의 규칙은 이미 몰리의 기억 저편에 있었다.

몰리는 다시 책 읽기에 몰두했다.

자매는 생쥐 대왕이 탈을 쓴 쿱일 거라고는 상상조차 할 수
없었다.

방에서 나온 닌니가 안도의 한숨을 내쉬고는 아무렇지
않은 척 생쥐 대장에게 부탁했다.

"생쥐들을 위해서 파티를 열어 주고 싶은데, 괜찮을까요?"

치즈를 실컷 먹고 싶었던 대장은 고민할 것도 없이 바로
대답했다.

"좋고말고! 우리 생쥐들은 먹거리가 풍성하고 떠들썩한
파티를 언제든 환영한단다!"

간니와 닌니는 치즈로 만든 온갖 음식을 요술 목걸이에서
꺼내 한 상 가득 차렸다. 치즈케이크를 가운데 두고, 그
주변으로 치즈빵, 치즈크래커, 치즈사탕, 치즈아이스크림,
치즈 거품을 올린 따뜻한 우유를 보기 좋게 늘어놓았다.
　"자, 이 정도면 준비는 끝난 것 같지?"
　닌니 말에 간니가 엄지를 치켜세워 보였다. 닌니는
마지막으로 스피커를 꺼내 신나는 음악을 틀었다.

동굴 안은 쾅쾅 울려 퍼지는 음악과 코를 자극하는 진한 치즈 향으로 가득 채워졌다.

"태어나서 이렇게 즐거운 파티는 처음이야!"

"정말 고마워, 간니와 닌니!"

"너희를 영원히 잊지 않을게!"

"나도! 내 이름을 잊는 한이 있더라도, 너희 이름은 절대 잊지 않을 거야!"

생쥐들이 너도나도 간니와 닌니에게 다가와 인사를
건넸다. 다들 정신이 몽롱할 정도로 치즈 냄새에 흠뻑 취해
있었다.

생쥐들은 전쟁에 이겼다는 기쁨과 흥겨운 파티 분위기에
들떠서 평소보다 더 수다스러웠다. 원래도 떠드는 것을
좋아하는 성격들이라 파티에서 조용히 앉아 있는 생쥐는 단
한 마리도 없었다.

한껏 들뜬 생쥐들은 앞으로 장난감 방뿐만 아니라 이 집
전체를 장악할 거라고 떠벌렸다. 사람들이 모두 작아졌으니,
자기들이 상대하기 어렵지 않을 거라면서 대단한 자신감을
내비쳤다.

그리고 곁에 선 간니와 닌니를 전혀 신경 쓰지 않고,
별의별 이야기를 다 나불거렸다.

덕분에 간니와 닌니는 부엉이 신에 대해 알게 되었다.
부엉이 신의 저주로 마리가 쥐로 변했고, 생쥐들이 힘을 얻어
장난감 왕국을 정복할 수 있었다고 했다.

또 마리의 저주를 풀기 위해선 크라카툭 호두의 고소한
알맹이를 구해서 먹이면 된다고도 했다.

생쥐들에게서 필요한 정보를 모두 얻자, 닌니가 간니
옆구리를 쿡 찔렀다.

"언니, 계획대로 됐으니까, 이제 우리가 진짜 해야 될 일을
시작해 볼까?"

간니와 닌니는 파티에 온통 정신이 팔린 생쥐들을
뒤로하고 슬금슬금 파티장을 빠져나갔다. 생쥐들은 웃고
떠드느라 간니와 닌니가 사라진 줄도 몰랐다.

간니와 닌니는 기억을 더듬어 감옥으로 향했다. 다행히 감옥을 지키던 생쥐들조차 모두 파티장에 가 버려서 감옥으로 통하는 길은 텅 비어 있었다.

둘은 곧 호두까기 인형을 발견했다. 호두까기 인형은 벽을 향해 돌아누워 있었다.

"호두까기 인형님! 저희가 구하러 왔어요!"

자신을 부르는 소리에 호두까기 인형이 벌떡 일어났다. 하지만 자매의 얼굴을 보자, 흠칫 놀라며 뒤로 물러났다.

"너희는 아까 생쥐들이랑 같이 왔던 애들이잖아! 날 구경거리 삼는 것도 모자라서 놀리려고 온 거야?"

호두까기 인형의 말에 깜짝 놀란 간니와 닌니가 손사래를 치며 변명했다.

"절대 그런 거 아니에요! 아까는 생쥐들의 환심을 사려고 일부러 그런 거라고요!"

닌니 말에 간니도 덧붙였다.

"클래르헨이 도와 달라고 저희를 찾아왔어요!"

클래르헨의 이름을 듣자, 호두까기 인형의 눈빛에서 경계심이 사라졌다. 그리고 곧 깊은 한숨을 내쉬었다.

호두까기 인형이 희망이 사라진 목소리로 말했다. 어린아이인 데다가 장난감만큼 몸집이 작은 자매가 못 미더운 눈치였다.

닌니가 요술 목걸이에서 만능열쇠를 꺼내며 씩 웃었다.

"저희는 이것저것 할 수 있는데요, 일단은 감옥 문부터 열어 보죠."

딸깍 소리와 함께 감옥 문이 바로 열렸다.

호두까기 인형의 커다란 눈이 더 커졌다.

"시간을 벌려면, 사라진 걸 눈치 못 채게 해야겠지?"

닌니가 요술 목걸이에서 나무토막들과 페인트를 꺼내자, 간니가 호두까기 인형과 비슷하게 색칠한 뒤, 벽을 향해 누여 놓았다. 그걸 본 호두까기 인형의 입이 커다란 호두를 깨물 때처럼 쩍 벌어졌다.

"대단하다. 너희는 정말 기발한 친구들이구나. 어리다고 얕잡아 본 것을 사과할게. 진심으로 미안하고 또 고맙다."

간니와 닌니가 호두까기 인형에게 활짝 웃고는 고양이를 향해 두 팔을 벌리며 외쳤다.

"야옹아, 너도 나오렴. 이제 자유야."

6장 크라카툭 호두를 찾아서

생쥐 굴에서 나와 장난감 방으로 돌아온 간니와 닌니는
호두까기 인형에게 생쥐들에게 들은 말을 전했다.

 "마리의 저주를 풀기 위해서는

크라카툭 호두를 먹여야 한대요."

"그런데 크라카툭 호두가

도대체 먼지 모르겠어요."

 "잘됐다! 그건 내가 알고 있지!

나랑 같이 디저트 나라로 가자.

거기엔 온갖 디저트 재료가 다 있거든.

물론 크라카툭 호두도 있단다!"

"디저트 나라요? 생각만 해도

입안이 달콤해지는 것 같아요. 빨리 가요!"

호두까기 인형은 장난감 방에 있는 외투 보관함으로 간니와 닌니를 데려갔다. 그리고 문을 열더니 맨 앞에 걸린 코트의 소매 속으로 들어갔다.

닌니가 호두까기 인형을 따라 고개를 들이밀자, 소매 속에 매달린 거대하고 복잡한 사다리가 보였다.

"언니, 여기에 사다리가 있어!"

"그래? 조심해서 올라가, 닌니!"

"그런데…… 사다리가 너무 복잡해. 어떤 걸 타고 올라가야 하는 거야?"

닌니가 당황한 목소리로 외쳤다. 그 말을 들은 호두까기 인형은 어딘지 자랑스러운 어투로 말했다.

"사랑하는 디저트 나라에 아무나 들일 수는 없잖니? 이 정도 관문은 통과해야 자격을 얻을 수 있지! 크래커 문으로 가는 길을 찾으면 된단다."

하지만 호두까기 인형은 곧 머리를 긁적이며 덧붙였다.

"그런데 오랜만에 왔더니 나도 좀 헷갈리네……."

닌니를 따라 소매 안쪽으로 들어온 간니도 놀라서 눈이 동그래졌다.

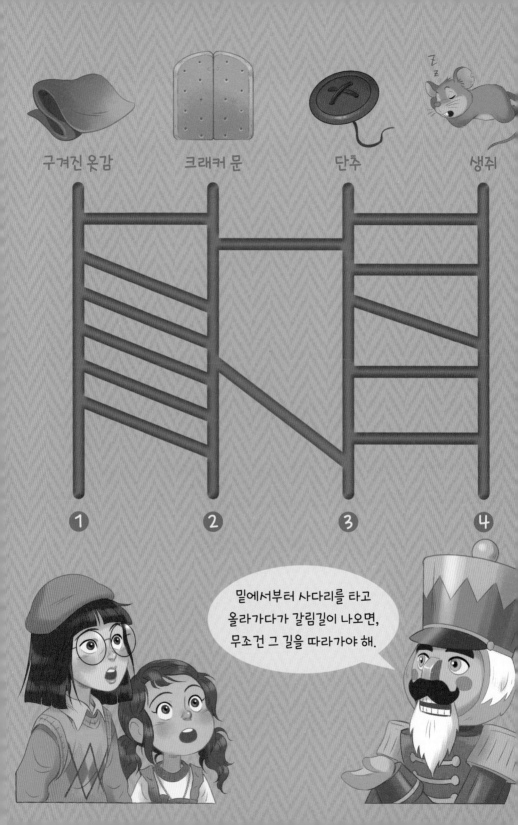

"좋아. 뭐든 부딪쳐 보는 거지!"

닌니가 마음을 다잡고 소리쳤다.

닌니의 당당한 모습에 간니도 주먹을 불끈 쥐었다.

"그래! 우리가 얼마나 많은 시련을 통과했게?"

닌니는 어느새 요술 목걸이에서 카메라가 달린 작은 드론과 리모컨을 꺼냈다.

"좋은 생각인데, 닌니? 이걸로 사다리 끝을 미리 보고 가자는 거지?"

간니와 닌니는 위로 드론을 올려 보내, 사다리 모양을 파악한 다음 사다리를 오르기 시작했다. 길을 헤매지 않은 덕분에 셋은 손쉽게 사다리 끝에 이르렀다.

고소한 냄새가 나는 두꺼운 크래커 문을 열자, 셋은 곧 달콤한 향기로 가득한 세상에 들어섰다.

간니와 닌니는 디저트 나라의 모습에 깜짝 놀라 입이 떡 벌어졌다. 헨젤과 그레텔 왕국에서 보았던 과자 집과는 비교가 되지 않을 만큼 디저트 나라는 거대했다.

"자, 여기가 나의 고향, 디저트 나라야."

호두까기 인형이 애정이 듬뿍 담긴 목소리로 말했다.

디저트 나라는 하늘에 솜사탕 구름이 떠다니고 건물은 물론 거리를 오가는 자동차와 나무, 도로도 모두 디저트로 되어 있었다. 시민들 역시 디저트 그 자체였다!

눈망울이 초코칩보다 큰 쿠키는 걸을 때마다 초콜릿 부스러기가 떨어졌고, 딸기아이스크림은 녹아내리는 것을 막으려고 양산을 쓰고 걸었다.

빙수와 음료수들은 끼리끼리 모여 얼마나 재미있게
이야기를 나누는지, 몸에 송골송골 맺히는 물방울을 바쁘게
닦아 내면서도 말이 끊이지 않았다.
디저트 시민들이 호두까기 인형에게 반갑게 인사했다.
"호두까기 왕자님, 오랜만에 오셨네요!"

호두까기 인형이 마주 인사를 하고는, 온갖 디저트가
가득한 풍경에 넋을 잃은 간니와 닌니를 바라보며 말했다.

"제대로 소개를 하자면, 난 사실 디저트 나라의 왕자야.
지금은 사정이 있어서 호두까기 인형의 모습을 하고 있어."

호두까기 인형은 디저트 나라를 더 구경시켜 주고
싶었지만, 시간이 없었다.

"언젠가 꼭 다시 놀러 오면 내가 찬찬히 안내해 줄게.
지금은 빨리 크라카툭 호두를 찾아야 하잖아."

간니가 정신을 차리고 되물었다.

"그 호두는 어디 있는데요?"

"궁전 정원 한가운데 크라카툭 호두가 열리는 신비한
나무가 있어. 내가 미리 소식을 전했으니까, 궁전에서
누나들이 기다리고 있을 거야."

"좋아요! 얼른 가 봐요!"

간니와 닌니는 호두까기 인형을 따라 서둘러 궁전으로
향했다.

호두까기 인형이 말했던 대로, 궁전 앞에 공주 넷이
기다리고 있었다.

디저트 나라의 공주답게 온몸을 디저트로 치장한 공주들은
악수 대신 간니와 닌니를 향해 디저트를 내밀었다. 하나같이
달콤한 향기가 났고 먹음직스러워 보였다.

하지만 호두까기 인형이 디저트를 단호하게 물리쳤다.

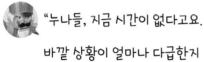 "누나들, 지금 시간이 없다고요.

바깥 상황이 얼마나 다급한지

몰라서들 그래요."

 "세상에 디저트보다

중요한 게 어디 있니?

너 너무 변했다!"

 "맞아. 다 맛있는 디저트

먹자고 하는 일인데,

어떻게 그렇게 말할 수 있어!"

"너 '금강산도 디저트

먹고 나서 구경'이란 말도 모르니?"

"디저트 먹고 죽은 귀신이

때깔도 좋은 법이야!"

공주들이 간니와 닌니의 양손에 디저트를 들려 주었다.
물론 두 사람도 거절하고 싶은 마음이 전혀 없었다.

간니가 마카롱 냄새를 맡으며 공주들에게 물었다.

"혹시 왕국에서 쿱을 못 보셨나요? 털이 복슬복슬해요."

공주들이 모두 고개를 갸웃거렸다.

"글쎄, 우리 왕국엔 털이 난 동물은 없는걸."

첫째 공주의 대답에 나머지 공주들도 고개를 끄덕였다.

둘째 공주가 덧붙였다.

"우린 날마다 궁궐 밖을 돌아다니면서 시민들을 살피는데,
그런 동물은 못 봤어. 없는 게 분명해."

간니와 닌니는 작게 한숨을 내쉬었다.

"장난감 방에도 없고, 생쥐 굴에도 없고, 디저트 나라에도
없다니……. 쿱이 여기 오긴 한 걸까?"

닌니의 질문에 간니 역시 아무런 대답도 할 수 없었다.
쿱을 어디서 찾아야 할지 막막했다.

실망한 둘을 향해 호두까기 인형이 말했다.

"지금이야말로 디저트가 필요한 순간이지! 일단 디저트를
한 입씩 먹어. 기운 내서 크라카툭 호두를 찾으러 가자!"

호두까기 인형의 말이 맞았다. 달콤한 디저트를 베어 물자, 간니와 닌니는 다시 힘이 불끈 솟는 것을 느꼈다.

간니와 닌니는 공주들을 따라 궁전 정원으로 나갔다.

정원 한가운데는 커다란 나무가 한 그루 있었는데, 나뭇잎들 사이로 각종 보석들이 바람결을 따라 찰랑찰랑 흔들리며 반짝였다.

"자, 이게 크라카툭 호두나무야.

크라카툭 호두는 일 년에

딱 한 개만 열려. 올해 걸 안 땄으니,

그걸 찾아서 따 가자."

"이게 호두나무라고요?

보석 나무 같은데요……?"

"보석에 한눈팔지 않고

크라카툭 호두를

간절히 원하는 사람만이

이 나무에서 크라카툭 호두를

발견할 수 있단다."

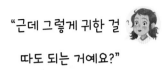 "근데 그렇게 귀한 걸

따도 되는 거예요?"

 "물론이지. 마리는 소중한

나의 친구니까!"

호두까기 인형과 간니, 닌니는 막대 과자로 만든 사다리를
하나씩 나무에 걸치고 나무 위로 올라갔다.

간니와 닌니는 크게 심호흡한 뒤, 반짝이는 보석에 마음을
뺏기지 않고 크라카툭 호두를 찾는 데 집중하려고 애썼다.

"참, 호두 열매는 풀빛이야. 그 껍질을 까야 평소에 보던
갈색 호두 껍데기가 나온단다."

나무 아래에서 공주들의 조언이 들려왔다.

호두까기 왕자는 마리가 걱정되어서 자꾸 마음이 급해졌다.

'급할수록 돌아가라고 했어. 자, 다시 찬찬히 훑어보자.'

눈을 부릅뜨고 한참 동안 가지를 샅샅이 뒤지던 간니가
한숨을 쉬었다.

"어휴, 도저히 못 찾겠네……."

그러다 문득 간니는 너무 잠잠한 닌니가 걱정되었다.

"닌니, 괜찮아? 떨어진 건 아니지?"

간니는 얼른 닌니를 찾아 옆으로 옮겨 갔다. 닌니는 언니와 눈이 마주치자마자, 얼른 집게손가락을 입에 갖다 댔다.

"쉿!"

그러면서 언니에게 손짓으로 자기 앞에 있는 나뭇가지를 보라는 시늉을 했다.

닌니의 손끝을 따라가자 나뭇가지 위에 둥그스름한 무엇인가가 보였다. 나뭇가지와 비슷한 색이었지만, 나무껍질과 달리 부드러운 털로 덮여 있었다.

"그게 뭐야?"

간니는 소리 없이 입 모양으로 닌니에게 물었다.

닌니도 입만 벙긋거리며 언니에게 대답했다.

"내 생각에는……."

그때 그것이 고개를 들며 입이 찢어져라 하품을 했다. 그 얼굴을 보자마자, 닌니가 반가운 표정을 지으며 번쩍 안아 들었다.

"쿱이야!"

핀은 자신을 반기는 닌니에게 얌전히 안겨 있었다.

"난 핀이야."

간니는 닌니에게서 핀을 받아서 안아 들고, 조심조심 나무에서 내려왔다.

늘어지게 잔 핀은 개운한 듯 기지개를 쭉 켰다. 그리고 하품도 길게 했다. 이야기 왕국에 무슨 일이 벌어졌는지도 모르고 태평하기 짝이 없는 핀의 모습에, 자매는 어처구니없어서 헛웃음이 나왔다.

닌니가 허리를 굽혀 핀에게 물었다.

"넌 어떤 글자를 먹은 거야? 설마 호두?"

핀이 순순히 고개를 끄덕이며 말했다.

"이름이 복잡한 호두였는데 맛이 되게 고소하더라."

"크라카툭 호두! 맞지?"

간니가 핀의 등을 팡팡 두들기며 말했다.

간니의 손길에 핀이 금세 글자를 뱉어 냈다.

그 모습을 본 닌니가 미심쩍은 표정으로 말했다.

"일이 너무 술술 풀리는데?"

닌니를 보며 디저트 공주들이 고개를 갸웃했다.

"일이 잘 풀리면 좋은 거 아닌가요?"

간니가 어깨를 으쓱하며 말했다.

"이야기 왕국에선 예상과 다른 일이 너무 많았거든요."

핀이 뱉은 크라카툭 호두가 붙잡을 틈도 없이 다시 나무로

돌아가자, 간니가 몸을 풀며 말했다.

"자, 본격적으로 크라카툭 호두를 찾아 볼까?"

닌니도 무릎을 툭툭 털고 일어났다.

핀은 여전히 졸린 얼굴로 바닥에 가만히 앉아 있었다.

"여기야, 여기! 크라카툭 호두를 찾았어!"

다시 나무에 오른 지 얼마 되지 않아, 호두까기 인형이 크라카툭 호두를 찾아냈다. 간니와 닌니는 쿱도 찾고, 크라카툭 호두도 얻어서 마음이 한결 놓였다.

"그런데 우리 누나는 어디 있지?"

핀의 물음에 간니가 깜짝 놀라며 되물었다.

"누나라니? 여기, 이야기 왕국에 누나랑 같이 왔어?"

핀이 고개를 끄덕였다.

"응. 몰리 누나도 무슨 글자를 먹었는데…… 잘 기억이 안 나. 생쥐였나……?"

"마리에게 호두를 먹이고, 생쥐 굴로 다시 가 보자."

간니 말을 들은 핀이 얼굴을 찡그렸다.

"나도…… 가야 해?"

간니가 어이없어서 웃음을 터뜨리며 물었다.

"왜? 집에 가기 싫어?"

"아니, 난 집을 제일 좋아해. 하지만 움직이는 건 딱 질색이거든."

핀의 대답에 간니와 닌니는 한숨이 나왔다.

한 발짝도 움직이지 않으려는 핀을 위해, 결국 닌니는
요술 목걸이에서 작은 수레를 꺼냈다. 거기에 핀을 태우고
간니와 닌니가 번갈아 끌며 장난감 방으로 향했다.

간니와 닌니는 그동안 핀과 몰리를 이야기 왕국으로
유인한 범인에 대해 이야기를 나누었다.

 "지금 범인은 어디 있을까?"

"일단 범인이 누군지부터

알아야 할 것 같아."

 "어쨌거나 범인은

원래 이 이야기 속 인물은

아닐 거잖아. 그러니까

호두까기 인형한테 물어보자."

"호두까기 인형님, 최근에

낯선 인물이 나타나진 않았나요?"

"흠, 글쎄⋯⋯.

최근에 이상한 일들이 계속 벌어지긴 했지만,

이상한 인물은 못 봤어."

간니와 닌니는 한순간에 막막해졌다. 조금 전까지만 해도 모든 게 다 해결된 것 같았는데, 지금은 다시 출발점으로 돌아간 느낌이었다.

호두까기 인형은 간니와 닌니의 풀 죽은 모습을 보고 다른 이야기를 꺼내야겠다고 생각했다.

"너희 크라카툭 호두 깨는 방법을 아니?"

그 말에 닌니가 의아해하며 되물었다.

"호두는 호두까기 인형이 깨 주는 거 아니었어요?"

간니가 원작을 읽은 기억을 떠올리며 대답했다.

"책에서 크라카툭 호두를 깨는 특별한 방법이 있었는데……. 근데 되게 복잡했던 것만 생각나고, 정확하게는 기억이 안 나요."

호두까기 인형이 깜짝 놀란 표정을 지으며 격려하듯 말했다.

"거기까지 기억하는 것만 해도 훌륭한데? 크라카툭 호두의 특별한 능력을 탐내는 자들이 많아서, 호두를 깨는 방법은 계속 바뀌고 있어. 그래서 지금 방법은 원작과 달라."

닌니가 호기심이 가득한 눈빛으로 물었다.

"지금은 어떤 방법으로 깰 수 있어요?"

"정해진 조건을 갖춰야 해. 그건 바로 '자신을 위해 쓰지 않을 것'이라는 조건이란다."

호두까기 인형이 진지한 표정으로 말했다.

"그럼 됐네요. 우리는 마리를 위해서

호두를 쓸 거잖아요."

"그렇지. 하지만 한 가지 조건이 더 있어.

남을 돕기 위해 용기 있게 행동한

어린이만이 그걸 깰 수 있다는 거지."

"어린이요?"

"으악.

조건이 그렇게 복잡해요?

그런 어린이를 어디서 찾지?"

"앗! 닌니, 내 생각에 여기

남을 위해 용기를 낸 어린이가

한 명 있는 것 같은데?"

"누구?"

"누구긴 누구야. 바로 너지! 네가 호두까기 인형을 구하러 생쥐 굴로 가자고 먼저 말했잖아. 그리고 마리에게 먹일 크라카툭 호두를 찾기 위해 높은 나무 위에도 선뜻 올라갔고. 내 생각엔 네가 딱이야."

간니가 씩 웃으며 닌니의 어깨에 손을 얹었다. 간니의 말에 호두까기 인형도 고개를 끄덕였다.

닌니는 잠깐 생각하더니 결심이 섰는지 호두까기 인형에게 물었다.

"제가 어떻게 하면 될까요?"

"역시. 내가 딱이라고 했지?"

간니가 닌니를 향해 찡긋 윙크했다.

호두까기 인형이 자매를 보고 빙그레 웃으며 말했다.

"호두 열매의 껍질은 내가 벗겨 줄 테니 호두를 깨는 건 일단 마리 방으로 가서 하자. 이제 다 왔어."

호두까기 인형 말마따나 바로 앞에 마리의 방이 보였다. 닌니가 요술 목걸이에서 긴 지팡이를 꺼내 문을 열고 들어갔다. 마리가 틀어박혀 있다는 침대는 방 한가운데에 있었다.

침대에 누워 있는 마리의 얼굴은 들은 대로 생쥐처럼 변해
있었다.
　　잿빛 털로 덮여 있고 커다란 귀가 쫑긋 솟은 데다 입은
툭 튀어나와 있었다. 울다 지쳐 잠들었는지, 눈가에 눈물
자국이 짙게 남아 있었다.
　　침대 위에 걸린 초상화 속 마리와는 너무 나른 모습이었다.
　　슬픔에 젖은 마리를 보고 셋은 잠시 말을 잃었다.

호두까기 왕자는 마리를 안쓰러운 눈길로 바라보았다.
그러면서 닌니에게 말했다.

"닌니, 어서 마리에게 크라카툭 호두를 먹여 줘."

닌니가 마리 곁으로 다가가 말했다.

"마리, 일어나. 크라카툭 호두를 가져왔어. 원래 네
모습으로 돌아오게 해 줄게."

그 말에 마리가 번쩍 눈을 떴다. 맑고 푸른 눈동자에
슬픔이 어려 있었다.

마리는 낯선 간니와 닌니를 보고 놀랐지만, 옆에 있는 호두까기 인형을 보자 안심이 되었다.

닌니는 호두까기 인형이 껍질을 살짝 까 놓은 크라카툭 호두를 힘껏 깨물었다.

아작!

호두 껍데기가 부서지며 보석처럼 반짝이는 크라가툭 호두의 알맹이가 모습을 드러냈다.

닌니가 마리 입에 호두 속살을 넣어 주었다.

오물오물

마리가 호두를 다 씹어 삼키자, 펑 소리와 함께 연기가
자욱해졌다. 잠시 뒤 연기가 걷히자, 마리가 원래 모습으로
돌아와 있었다.

마리는 자신을 바라보는 호두까기 인형, 간니와 닌니의
눈빛에서 자신이 원래대로 돌아왔다는 것을 알 수 있었다.

마리가 일어나 자신의 얼굴을 만져 보더니 호두까기
인형을 품에 안고 춤추듯 한 바퀴 빙그르르 돌았다.

마리는 닌니에게 거듭 고마움을 전했다.

"다시 돌아왔어! 고마워, 정말 고마워! 내게 호두를 까 준 널 '귀여운 호두까기'라고 부를게!"

행복해하는 마리의 모습을 보고 있자니, 간니와 닌니는 정말 뿌듯했다.

"고생 끝에 낙이 온다더니. 그 말이 맞나 봐."

간니의 말에 닌니도 고개를 끄덕이며 웃었다.

호두까기 인형이 흥분한 마리를 진정시키며 말했다.

"이럴 때가 아니야, 마리. 네가 생쥐로 변한 다음 장난감 방이 큰 공격을 받았거든."

간니 일행은 서둘러 장난감 방으로 향했다.

방은 어둡고 조용했다. 장난감 진열장 문은 굳게 닫혀 있었고, 생쥐들이 생쥐 대왕을 위해 훔쳐 간 그림책 칸은 텅 비어 있었다.

장난감들은 저주에서 벗어난 마리를 반겼지만, 생쥐들이 무서워 밖으로 나오려 하지 않았다. 그러면서 마리에게 방으로 돌아가라고, 간니와 닌니에겐 진열장에 몸을 숨기라고 설득했다.

"이제 곧 생쥐들이 올 시간이야. 괴롭힘당하기 전에, 너희도 얼른 이리로 들어와서 숨어."

클래르헨이 겁에 질린 표정으로 말했다. 간니와 닌니를 찾아 현실 세계로 왔을 때의 모습과는 딴판이었다.

장난감 군인들은 호두까기 인형을 설득했다.

"대장님, 더 이상 싸우는 건 불가능합니다. 저희가 최소한 이 진열장은 사수하고 있으니, 어서 이 안으로 들어오십시오."

모든 장난감들이 지난 전투의 쓰라린 패배에서 벗어나지 못하고 있었다.

간니는 장난감들의 마음이 이해되었다.

"장난감들은 싸우는 존재들이 아니잖아. 그러니 싸움은 애초부터 무리일지도 몰라."

간니의 말에 호두까기 인형이 잠시 침묵을 지켰다. 얼마 뒤 호두까기 인형이 목소리를 가다듬고 입을 열었다.

"맞습니다. 우리는 장난감입니다. 전쟁을 위해 태어난 존재들이 아니지요."

이어서 위층에 있는 장난감들을 향해서도 외치기 시작했다.

"하지만 우리는 그보다 더 중요한, 사랑을 위해
태어났습니다. 마리와 프리츠에게 사랑받으면서 우리는
비로소 움직일 수 있게 됐습니다. 사랑받고 사랑을 주는 이
소중한 공간을 지키기 위해, 그리고 마리를 지키기 위해
우리는 싸워야 합니다!"

우리 힘으로 마리와
장난감 방을 지켜 냅시다!

호두까기 인형의 연설이 장난감들의 마음을 움직였다. 군인, 기사 장난감들은 주인 프리츠가 자신들을 갖고 놀 때, 용기를 잃지 않으면 못 이기는 전투는 없다고 말하던 것을 떠올렸다.

"대장님 말씀이 맞아. 우리를 위해서, 그리고 우리의 주인님 마리를 위해서 다시 일어나 싸우자!"

옆에 서 있던 마리도 거들었다.

"이 방은 우리의 소중한 장난감 방이야! 생쥐들에게 넘겨 줄 수 없어! 나도 끝까지 싸우겠어!"

간니와 닌니는 장난감 방의 분위기가 달라지는 것을 느꼈다. 장난감들의 마음에서 용기가 움트고 있었다.

옆에 선 닌니가 손뼉을 쳤다.

"언니, 좋은 생각이 났어! 토니도 부르자!"

간니와 닌니는 얼른 토니에게 연락했다. 상황을 전하자 토니는 당연히 함께하겠다며, 자신도 최대한 빨리 가겠다고 이야기했다.

장난감들이 전쟁을 위해 전열을 갖추는 모습을 지켜보며, 간니가 심각한 표정으로 닌니에게 말했다.

"토니가 오면 큰 힘이 되겠지만, 토니에게만 의존할 수는 없어. 우리에겐 전략이 필요해."

그 말에 모두가 고개를 끄덕이며 눈빛을 빛냈다.

    간니와 닌니의 계획에 따라 장난감들은 순식간에 전쟁 준비를 끝냈다.

    간니와 닌니는 장난감 병정들이 빌려준 투구와 헬멧을 나눠 쓰고, 생쥐 굴을 지켜보았다.

    쥐 죽은 듯 조용한 상황에 장식장 구석에 있는 핀의 하품 소리가 자매에게까지 들려왔다.

    "언니, 생쥐들이 우리가 풀어 준 고양이 때문에 무서워서 안 나오는 걸까? 왜 이렇게 잠잠하지?"

    닌니가 말을 마치자마자, 장난감 방 괘종시계 위에 있는 부엉이 장식이 날개를 치며 자정을 알렸다.

    그 소리는 온몸에 소름을 돋게 할 만큼 으스스했다.

    종소리가 신호라도 되듯, 생쥐 굴에서 생쥐들이 하나둘 모습을 드러내기 시작했다.

"우리 작전이 먹히고 있어!"

간니와 닌니가 신이 나서 외쳤다.

장난감들도 생쥐들이 궁지에 몰리는 모습을 보자, 점점 더 자신감이 붙었다.

"생쥐들을 무찌르자! 우리도 할 수 있다!"

생쥐들이 꼼짝없이 당하자, 생쥐 대장이 황급히 생쥐 대왕의 방으로 향했다. 생쥐 대왕은 여전히 책을 읽느라 바깥 상황을 전혀 모르고 있었다.

"대왕님, 생쥐 병사들이 힘을 못 쓰고 있습니다! 이번 전쟁에 대왕님의 힘이 필요합니다!"

몰리는 책을 더 읽고 싶었지만, 전쟁이 벌어졌다는 말에 동생이 걱정되어 말없이 대장을 따라나섰다.

"대왕님이 함께하신다! 모두 진격하라!"

생쥐 대장이 크게 외치자, 병사들이 길을 열었다.

곧 머리가 일곱 개인 생쥐 대왕의 괴상하고 기이한 모습이 드러났다.

장난감들이 생쥐 대왕을 보며 흠칫 놀라자, 생쥐들은 반대로 기세가 등등해졌다.

총공세를 퍼붓듯 한꺼번에 몰려나온 생쥐들은 덫에 걸린 생쥐들을 밟고 장난감들에게 사납게 달려들었다. 그 기세에 지난 전투가 떠오른 장난감들이 다시 움츠러들기 시작했다.

　　그때 토니가 장난감 방 창문으로 날아들었다.

　　"늦어서 미안해!"

　　토니는 순식간에 생쥐들을 슬라임 몸으로 감싸 항아리에 가둬 넣었다.

몸집이 줄어들지 않은 토니는 한 번에 생쥐들을 수십 마리씩 처리할 수 있었다. 항아리 속에 갇힌 생쥐들은 밖으로 빠져나오지 못하고 미끄러지기를 반복했다.

장난감들은 토니에게 환호했다. 그런 장난감들을 보며 호두까기 대장이 다시 용기를 북돋웠다.

"물러서지 맙시다! 우리도 이길 수 있습니다!"

호두까기 대장은 자신보다 훨씬 덩치가 큰 생쥐 대왕에게 용감하게 맞섰다.

생쥐 대왕은 위엄 있게 주위를 둘러보다가 어째서인지 장식장에서 눈길이 멈췄다. 그러더니 갑자기 장식장을 향해 무섭게 돌진했다. 마리의 콩 주머니 공격에도 아랑곳하지 않았다.

그런 생쥐 대왕을 향해 호두까기 대장이 작지만 예리한 칼을 꺼내 들었다.

"멈춰! 여기는 우리의 보금자리다!"

하지만 생쥐 대왕은 물러서지 않았다.

"피……! 피……!"

생쥐 대왕의 웅얼거림을 들은 닌니는 소름이 쫙 끼쳤다.

"언니, 생쥐 대왕이 말하는 거 들었어? 왜 피를 찾지?
흡혈귀도 아니면서!"

간니가 당황한 채 주변을 두리번거렸다.

생쥐 대왕을 지켜보던 간니가 무언가를 깨닫고 닌니에게
소리쳤다.

"생쥐 대왕이 핀을 노려보잖아! 핀을 잡아먹으려나 봐!"

"핀, 어서 일어나! 생쥐 대왕이 널 노리고 있다고!"

간니의 외침에 꾸벅꾸벅 졸고 있던 핀이 어리둥절 깨어났다.

"어……, 어……? 생쥐 대왕?"

"우리가 막아야 해!"

닌니가 요술 목걸이에서 올가미가 달린 밧줄들을 꺼냈다. 그리고 생쥐 대왕을 조준해서 간니와 함께 밧줄을 던졌다.

간니와 닌니는 합동 공격으로 생쥐 대왕의 다리 하나와 팔 하나를 묶어 둘 수 있었다. 간니는 다리에, 닌니는 팔에 묶인 밧줄을 힘껏 당겼다. 붙들린 생쥐 대왕이 벗어나려 몸부림치다가 넘어지면서 생쥐 탈이 벗겨졌다.

그때 핀이 소리쳤다.

"기억났다! '생쥐 대왕'은 누나가 먹은 단어야!"

"뭐? 그럼 네가 몰리?"

닌니가 쓰러진 몰리에게 달려갔다.

몰리가 씩씩거리며 물었다.

"내 이름을 어떻게 알지? 그보다 어서 핀을 놔 줘!"

닌니가 대답하려는데, 핀이 손을 내저으며 말했다.

"누나, 난 괜찮아."

핀이 붙잡혀 있는 줄 알았던 몰리는 안도의 한숨을
내쉬었다. 몰리에게 간니가 다가왔다.

"동생이 걱정돼서 그랬던 거구나. '피'가 아니라 '핀'이라고
말한 거였어. 그렇지?"

몰리가 간니에게 어깨를 으쓱해 보였다.

"그래. 나랑은 전혀 안 맞지만, 어쨌든 내 동생이니까."

닌니는 요술 목걸이에서 포획망을 꺼내 몰리에게 글자를
그 안에 뱉게 했다. 토해진 글자가 진짜 생쥐 대왕으로
변했을 때는 포획망의 문이 굳게 닫힌 뒤였다.

"우리가 생쥐들을 이겼다!"

"장난감 방에 평화가 찾아왔다!"

"장난감들 만세! 간니와 닌니, 토니 만세! 마리 만세!"

장난감들은 기쁨에 겨워 춤을 췄다. 방 안 가득 울려
퍼지는 장난감들의 웃음소리를 들으며 닌니가 말했다.

"그래, 장난감 방은 이래야지. 전쟁보단 축제!"

닌니 말에 간니도 환하게 웃었다.

"네 말에 완전 동감! 우리도 돌아가서 크리스마스 파티
해야지. 얼른 가자!"

간니와 닌니는 장난감들과 인사를 나누며 헤어질 준비를
했다. 토니도 몰리와 핀을 데리고 인사를 나눴다.

그때 부엉이 괘종시계가 한 시를 알리는 종을 쳤다.
이어서 주문을 외우는 소리가 들리더니 장난감 방이 갑자기
깜깜해지며 방문이 끼익 열렸다.

"한밤중에 왜 이렇게 시끄러운 거야? 밤에는 찍소리 말고
잠자코 있으라고 했잖아."

방 안으로 들어온 것은 드로셀마이어 대부였다. 판사처럼
하얀 가발에, 해적처럼 검은 안대를 한 모습이 기묘했다.

"아니, 너희는 왜 죄다 밖에 나와 있는 거야!"

드로셀마이어 대부는 장난감들이 말귀를 알아듣는다는 것을 알기라도 하는지 장난감들에게 잔소리를 늘어놓았다.

"항상 제자리에 있도록 해. 밤에는 입도 뻥긋하지 말고!"

드로셀마이어 대부는 장식장에 장난감들을 차곡차곡 정리하기 시작했다. 그러다가 간니와 닌니를 집어 들고 고개를 갸웃거렸다.

"이런 장난감도 있었나……?"

자매는 인형인 척 꼼짝하지 않았다.

다행히 대부는 간니와 닌니를 클래르헨 옆에다 두고 장식장을 잠갔다.

"마리의 부모가 횡설수설하기에 밤 늦게라도 출발했더니 별일 없는 것 같군. 그런데 갑자기 잠이 쏟아지네."

그러고는 장식장 앞 소파에 앉아 잠이 들었다.

드로셀마이어 대부가 잠들자 천장에 달라붙어 있던 토니가 조용히 장식장 자물쇠를 열었다.

장식장 맨 아래 칸에 있던 간니와 닌니가 살금살금 밖으로 나왔다.

하지만 장식장을 닫는 순간, 딸깍 소리가 났다.

깜짝 놀라 뒤돌아본 간니와 닌니는 눈을 부릅뜨고 노려보는 드로셀마이어 대부와 눈이 마주쳤다.

하지만 토니가 빨랐다. 드로셀마이어 대부가 움직이지 못하도록 '꼼짝 마!' 주문을 건 것이다. 드로셀마이어 대부는 눈은 떴지만, 말도 못 하고 꼼짝도 못 하는 상태가 되었다.

그리고 그 상태로, 간니와 닌니가 장난감들의 배웅을 받으며 장난감 방을 떠나는 것을 지켜보았다.

'이건 꿈이겠지? 분명 온몸을 움직이지 못하는 끔찍한 악몽을 꾸고 있는 거야.'

이런저런 생각을 하던 드로셀마이어 대부는 그 자리에서 다시 잠이 들었다.

다음 날 아침, 드로셀마이어 대부가 잠에서 깨었을 때는 토니의 주문이 풀린 뒤였다.

"역시 꿈이었나? 그래, 그런 일이 벌어질 리 없지. 하지만 너무 생생했는데……."

기지개를 켜던 대부는 발밑에서 포획망을 발견하고는 깜짝 놀랐다.

그 안에 든 생쥐의 머리가 일곱 개였기 때문이다.

"그 괴상한 장면들이 꾸, 꿈이 아니었나……? 이런 생쥐가
있다니."

그때 방문이 열리며 마리가 들어섰다. 마리는 개운한
얼굴로 활짝 웃고 있었다.

"드로셀마이어 대부님, 안녕히 주무셨어요?"

"오, 마리야. 아프다더니 몸은 좀 어떠냐?"

"다행히 좋아졌어요. 다 장난감 친구들 덕분이죠."

밝혀진 범인의 정체

판타지아 도서관으로 돌아온 자매와 토니가 몰리와 핀에게 자초지종을 물었다. 사정을 들은 토니는 깜짝 놀랐다.

몰리와 핀은 책에서 오린 글자를 먹었기 때문에 원작을 먹은 줄도 몰랐고, 책을 읽지도 않고 이야기 왕국에 갔다는 것이다. 범인이 점점 더 교묘해진다는 뜻이었다.

"범인이 대담해지고 있어."

"아직도 범인은 못 찾은 거야?

도서관 직원이 분명하다며?"

"필체 검사 때 화살이 날아온 이후로

출근하지 않은 직원이 여럿이야.

그 직원들을 먼저 조사하고 있긴 한데,

아직 정확히 누군지는 모르겠어."

"그중에 눈이 노랗고 부리부리한

직원은 없어? 덩치는 나보다 훨씬 작고.

백설 공주 왕국에서 분명히 봤다니까."

"그런 직원이라면……,

고양이나 새일 수도 있고

여우원숭이일 수도 있어……."

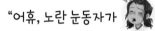
"어휴, 노란 눈동자가

생각보다 많네."

"이번 이야기 왕국에서

이상한 건 못 봤어?"

"인상적인 게 있긴 했어.

괘종시계의 부엉이 장식이 되게 진짜 같더라.

분위기도 무시무시했어."

"그 시계가 울리니까 주문 외는

소리도 들렸잖아. 그때마다

안 좋은 일이 생기고."

"부엉이 장식이라……. 그러고 보니

우리 직원 매드울 씨랑 닮았어."

 **"매드울 씨?"**

간니와 닌니가 동시에 소리쳤다. 토니는 한층 더 심각해진 표정으로 고개를 끄덕였다.

"응. 도서관의 아주 오래된 직원이야."

토니의 말이 끝나기도 전에 펭귄 직원이 황급히 달려와 숨 고를 새도 없이 소리쳤다.

"관장님, 큰일 났어요! 비밀 금고에 있던 마법책이 감쪽같이 사라졌어요!"

"뭐라고요? 비밀 금고에 있던 책이라면, 분명 위험한 마법책일 텐데?"

깜짝 놀란 토니가 이마에 손을 짚었다.

"위험한 마법책?"

간니와 닌니가 불안한 표정으로 서로를 쳐다봤다.

"범인이 비밀 금고의 책을 훔쳐서 위험천만한 마법을 쓰고 있는 거야. 당장 막아야 해!"

토니가 걱정 가득한 표정으로 외쳤다.

도서관 전체에 팽팽한 긴장감이 감돌았다.

간니와 닌니가 다음에 만날
이야기 왕국의 주인공은 누구일까요?

낱말 판에는 간니와 닌니가 만났던 이야기 왕국의
주인공들 이름이 있어요. 그런데 한 명, 간니와 닌니가 아직
만나 보지 못한 주인공이 있다는데, 과연 누구일까요?

(★힌트는 총 여섯 명의 이름이 있다는 것!)

백	가	류	후	스	스	파	초
설	노	키	카	걸	크	여	파
공	참	버	피	류	타	루	코
주	육	초	걸	피	손	파	지
교	공	피	노	키	오	차	초
가	참	손	초	교	공	주	타
초	파	교	후	파	여	초	감
돈	키	호	테	교	걸	리	버

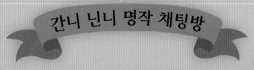

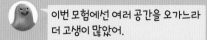

토니 님이 간니와 닌니 님을 채팅방에 초대하였습니다.

이번 모험에선 여러 공간을 오가느라
더 고생이 많았어.

원작에서도 우리처럼 신비한
나라를 여행했지?

그래, 맞아. 그런데 원작은 훨씬 복잡해.
이야기 속에 또 다른 동화가 전개되고,
현실과 꿈이 연결되기도 해.

그래서 읽을 때도 '이게 무슨 소리야?'
라고 생각했던 기억이 나.

이런 작품을 '환상 문학'이라고 불러.

환상 문학?

응. 환상문학은 이름 그대로 가공의 세계에서 벌어지는 일들을
다뤄. 독자들이 이야기 속의 이야기를 진짜처럼 느끼도록 하지.

우아, 그런 작품을 쓰려면 상상력이
엄청나야겠다.

그러게. 작가님이 더 궁금해지는걸?
토니, 어서 작가님을 소개해 줘!

이 작가의 삶도 아주 흥미로우니까
기대해도 좋아!

121

작가 소개

에른스트 테오도어 빌헬름 호프만
Ernst Theodor Wilhelm Hoffmann

1776년 1월 24일 ~ 1822년 6월 25일
독일 낭만주의 작가이자 작곡가

호프만은 음악을 무척 사랑해서 자신의 세 번째 이름 '빌헬름'을 모차르트의 이름 '아마데우스'로 바꿔 불렀다고 해. 사람들은 '에른스트 테오도어 아마데우스 호프만'이란 긴 이름을 약자로 써서 'E. T. A. 호프만'이라고 부르지.

작가인 그가 음악을 좋아해서, 모차르트의 이름을 따왔다는 게 신기하지? 그는 대학에서 법학을 전공하면서도 그림, 음악, 문학 등 다방면에서 재능이 넘치는 사람이었어. 법관이 된 이후에도 작곡가, 판사, 풍자 만화가, 화가, 소설가, 동화 작가, 지휘자, 각본가, 음악 평론가, 감독 등 수많은 직업을 가졌다고 전해져. 그러다 프랑스의 나폴레옹이 호프만이 사는 프로이센을 침공하는 일이 벌어졌어. 호프만은 나폴레옹 밑에서 일하고 싶지 않아, 법관직을 포기하고 본격적인 예술가의 삶을 살기 시작했어. 친구의 도움으로 다시 법관이 된 뒤로는 베를린에서 낮에 재판을 보고, 밤에는 소설을 썼어. 밤마다 작품 활동에 몰두하는 그를 보고, 친구들이 '도깨비 호프만' 또는 '밤의 호프만'으로 불렀을 정도래.

호프만의 다양한 재능만큼 그의 작품은 매우 환상적이고 복잡해서, 수많은 예술인에게 영감을 불러일으켰어. 그래서 '환상 문학의 아버지'로도 불리지.

대표작인 《호두까기 인형과 생쥐 대왕》은 1816년에 발표한 작품인데, 친구인 출판업자 히치히의 아이들을 위해 쓴 동화야. 주인공인 마리와 프리츠가 바로 실제 아이들 이름이래. 이 작품에는 천진난만한 동심의 세계, 꿈과 환상의 세계가 잘 표현되어 있지. 1892년 차이콥스키의 발레극 〈호두까기 인형〉이 인기를 얻으면서 더더욱 유명해졌는데, 지금까지도 크리스마스 때마다 전 세계에서 발레극이 공연되며 큰 사랑을 받고 있단다.

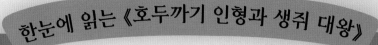

한눈에 읽는 《호두까기 인형과 생쥐 대왕》

1

크리스마스이브 저녁,
마리는 드로셀마이어 대부에게
호두까기 인형을 선물받았어요. 오빠
프리츠가 호두까기 인형을 망가뜨리자
마리는 호두까기 인형을 밤새 보살폈어요.
그러던 중 벽시계의 부엉이가 노래를
부르자, 머리가 일곱 개 달린 생쥐 대왕과
수많은 생쥐가 나타나 인형들을
위협했어요.

6

잠에서 깬 마리는 호두까기
인형을 보며, 자신은 사랑하는
호두까기 인형을 결코 내쫓지 않을 거라
다짐했어요. 그때 드로셀마이어 대부가 자신의
조카와 함께 찾아왔다는 소식이 들렸어요.
마리는 그 조카가 저주에서 풀린 호두까기
인형임을 한눈에 알아봤어요. 마리의
사랑으로 저주에서 풀렸던 것이죠.
그는 마리에게 사랑을 고백하고
청혼했답니다.

2

마리는 깜짝 놀라 장식장 유리문을 쳤고, 상처에서 피를 너무 많이 흘려 그만 쓰러지고 말았답니다. 마리를 문병하러 온 대부는 망가진 호두까기 인형을 고쳐 주면서 마리에게 단단한 호두에 대한 동화를 들려주었어요. 그 동화 속 공주는 생쥐 여왕의 저주에 걸렸어요. 왕은 시계공 드로셀마이어에게 저주를 푸는 방법을 알아 오라고 명령했지요.

3

공주의 저주를 푸는 방법은 세상에서 가장 단단한 호두인 크라카툭 호두를 깨 먹이는 것이었죠. 크라카툭 호두는 한 번도 수염을 깎지 않고, 한 번도 부츠를 신어 본 적 없는 남자만 깰 수 있었고, 그가 눈을 감고 공주에게 호두를 준 뒤 일곱 번 뒷걸음쳐야 했어요. 드로셀마이어는 자기 조카의 집에 크라카툭 호두가 있고, 조카가 그 호두를 깰 수 있다는 것을 알았어요.

5

마리는 그 동화가 호두까기 인형의 과거라는 것을 깨닫고, 생쥐 대왕과의 전투에서 칼을 잃어버린 호두까기 인형에게 새로운 칼을 채워 주었어요. 호두까기 인형은 마리에게 받은 칼로 생쥐 대왕을 물리치고, 마리를 인형 나라로 초대했지요. 마리는 호두까기 인형을 따라 디저트와 인형들로 가득한 나라를 구경하고, 공주들도 만났답니다.

4

조카는 크라카툭 호두를 깨서 공주의 저주를 풀어 주었지만, 뒤로 일곱 걸음을 걷던 중 갑자기 나타난 생쥐 여왕을 밟아 호두까기 인형이 되는 저주에 걸렸어요. 그 저주는 생쥐 대왕을 물리치고, 진정 자신을 사랑해 주는 사람을 만나야 풀 수 있었죠. 호두까기 인형으로 변해 버린 조카는 저주에서 풀린 공주에게 쫓겨나고 말았어요.

나의 크리스마스 계획

몰리와 핀이 크리스마스 계획을 세웠네요.
여러분도 크리스마스에 무엇을 하고 싶은지 적어 보고,
크리스마스의 내 모습을 그림으로 그려 봐요.

〈 몰리 의 크리스마스〉

하루 종일 책을 읽는다.

〈 핀 의 크리스마스〉

내내 침대에서 잠만 잔다.

〈 _____ 의 크리스마스〉

_____

생쥐로 변한다면?

어느 날, 자고 일어났는데 내가 또는 가족 중 한 명이
생쥐로 변했다면 어떨까요? 한번 상상해서 적어 보세요.
가족들의 반응은 물어봐도 좋아요!

질문1 가족들은 생쥐로 변한 나를 보고 어떻게 반응할까요?

_____

_____

질문2 나는 생쥐로 변한 가족을 보고 어떻게 반응할까요?

_____

_____

사진 출처 122쪽 ⓒ 위키미디어커먼스

정답

본문 72쪽, 86쪽, 120쪽

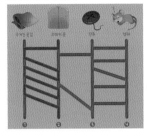

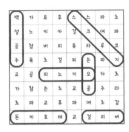

⑱ 호두까기 인형과 생쥐 대왕

1판 1쇄 인쇄 2024년 11월 19일
1판 1쇄 발행 2024년 12월 12일

글 지유리
그림 이경희
펴낸이 김영곤 | **펴낸곳** ㈜북이십일 아울북

프로젝트4팀장 김미희 | **기획개발** 신세빈 김시은 | **디자인** 김혜진 | **교정교열** 김은미
아동마케팅팀 장철용 양슬기 명인수 손용우 최윤아 송혜수 이주은
영업팀 변유경 김영남 강경남 황성진 권채영 김도연 전연우 최유성
제작 이영민 권경민

출판등록 2000년 5월 6일 제406-2003-061호
주소 (10881) 경기도 파주시 회동길 201(문발동)
대표전화 031-955-2100 **팩스** 031-955-2177
홈페이지 www.book21.com

ISBN 979-11-7117-319-8 74800
ISBN 978-89-509-8597-4 74800(세트)

책값은 뒤표지에 있습니다.
잘못 만들어진 책은 구입하신 서점에서 교환해 드립니다.

· 제조자명: ㈜북이십일
· 주소 및 전화번호: 경기도 파주시 문발동 회동길
파주출판문화정보산업단지 201, 031-955-2100
· 제조연월: 2024년 12월
· 제조국명: 대한민국
· 사용연령: 3세 이상 어린이 제품

다양한 SNS 채널에서
아울북과 올파소의
더 많은 이야기를 만나세요.

인스타그램
@owlbook21

페이스북
@owlbook21

네이버카페
owlbook21

네이버포스트
아울북 and 올파소